D1076613

Y Cylch Brith

The Speckled Band

Syr Arthur Conan Doyle

Addasiad
Eurwyn Pierce Jones

ACC No.

LOC. | DATE 11/14

CLASS No.

SUPPLIER | PRICE
Sup | 3 95

Argraffiad cyntaf: 2014
© Hawlfraint Eurwyn Pierce Jones a'r Lolfa Cyf., 2014

*Mae hawlfraint ar gynnwys y llyfr hwn ac mae'n anghyfreithlon i
lungopïo neu atgynhyrchu unrhyw ran ohono trwy unrhyw ddull ac
at unrhyw bwrpas (ar wahân i adolygu) heb gytundeb ysgrifenedig y
cyhoeddwyr ymlaen llaw*

Cynllun y clawr: Y Lolfa

Llun Sherlock Holmes gan Mark Bardsley
www.markbardsleyillustration.co.uk
Trwyddedwyd gan Deerstalkers of Welshpool
www.sherlockholmeswelshpool.com

Rhif Llyfr Rhyngwladol: 978 1 84771 954 6

Dymuna'r cyhoeddwyr gydnabod cymorth ariannol
Cyngor Llyfrau Cymru

Cyhoeddwyd ac argraffwyd yng Nghymru
ar bapur o goedwigoedd cynaladwy gan
Y Lolfa Cyf., Talybont, Ceredigion SY24 5HE
e-bost ylolfa@ylolfa.com
gwefan www.ylolfa.com
ffôn 01970 832 304
ffacs 01970 832 782

Diolch

Dymuna'r awdur fynegi ei ddiolchiadau diffuant i'r canlynol:

Athrawon Cymraeg a Saesneg yn hen Ysgol Tŷ Tan y Domen, sef Ysgol Ramadeg y Bechgyn yn Y Bala, yn ogystal â'i holl athrawon ym Mhrifysgol Cymru yn Aberystwyth, am drosglwyddo iddo frwdfrydedd heintus tuag at werthfawrogi a mwynhau llenyddiaeth yn y naill iaith a'r llall.

Cymdeithas Sherlockiaid Cymru, sef y Deerstalkers yn Y Trallwng, am hwyluso trafodaethau i ganiatáu i'r fenter hon fynd rhagddi mor ddiffwdan, ac am eu brwdfrydedd argyhoeddedig a chalonogol gydol y broses.

Y Dr Rhidian Griffiths am ei gefnogaeth afieithus, ei gynghorion parod a'i sylwadau praff; yn enwedig ar gymalau cynharaf y gorchwyl.

Cyd-gyfieithwyr ledled Cymru am eu cymhelliad cyson a'u hymddiriedaeth ddisgwylgar, ac am fynegi cymaint o falchder dros y cysyniad o 'glywed' Sherlock Holmes yn siarad Cymraeg!

Swyddogion Gwasg y Lolfa a Chyngor Llyfrau Cymru am eu cydweithrediad cyfeillgar a'u diddordeb didwyll yn y deunydd; ac am ychwanegu eu harbenigedd ieithyddol hwy eu hunain gyda'u hynawsedd a'u hydeimledd proffesiynol.

Rhagair

MAE CRYN BELLTER rhwng Cymru Anghydffurfiol yr 1890au a dinas Llundain y ditectif enwog Sherlock Homes. Nid yw'r darlun sydd gennym o gymdeithas wledig a diwydiannol Cymru'r cyfnod yn debyg i awyrgylch y cylchoedd bonheddig roedd Holmes a Watson yn aml yn troi ynddynt, er nad bob amser. Eto i gyd, mae ansawdd storïau Syr Arthur Conan Doyle yn eu gwneud yn deilwng i'w cyfieithu i ieithoedd gwahanol a'u cynnig i gynulleidfaoedd newydd. Dyma gyflwyno un o'r storïau gorau mewn gwisg newydd, ac y mae cymdeithas Deerstalkers y Trallwng a'r cyfieithydd, Eurwyn Pierce Jones, i'w llongyfarch ar eu menter.

Pan oeddwn i'n fachgen yn Abertawe darllenais y storïau hyn drosodd a thro a chael fy ngwefreiddio ganddynt. Prawf o'u gwerth yw eu bod yn dal i swyno cenedlaethau newydd, er bod y byd a'r gymdeithas a roes fod iddynt wedi hen ddiflannu. Mae'r rhan fwyaf ohonom yn mwynhau dirgelwch, a dyna ran o apêl y storïau. Ond mae llawer mwy. Mae'r cymeriadau cryf a ddarlunnir – ac nid dim ond y ddau brif arwr – a dawn gynnil y storïwr yn gwneud y gweithiau hyn yn berlau o'u bath. Haeddant ddod ger ein bron yn Gymraeg, a hyderaf y daw mwy na'r stori hon i'n diddanu maes o law.

Yn y cyfamser, mwynhewch ddirgelwch *Y Cylch Brith*.

Dr Rhidian Griffiths
Aberystwyth, Awst 2014

Y Cylch Brith

O FWRW GOLWG dros fy nodiadau ar y deg a thrigain o achosion dros yr wyth mlynedd diwethaf sy'n cofnodi dulliau gwaith fy nghyfaill Sherlock Holmes, gwelaf fod llawer ohonynt yn achosion trasig, eraill yn rhai doniol, nifer fawr braidd yn od, ond yr un ohonynt yn perthyn i fyd y cyffredin; oherwydd, gan mai gweithio o gariad tuag at ei grefft a wnâi yn hytrach nag er mwyn ymgyfoethogi, gwrthodai Sherlock Holmes yr hyn nad oedd yn anghyffredin, neu hyd yn oed yn ffantastig. O'r holl achosion amrywiol hyn, fodd bynnag, fedra i ddim meddwl am unrhyw un ac iddo fwy o nodweddion unigryw na hwnnw oedd yn gysylltiedig â theulu adnabyddus y Roylotts o Stoke Moran yn Swydd Surrey.

Mae'r digwyddiadau dan sylw yn perthyn i ddyddiau cynnar fy ymwneud â Holmes, pan oeddem ni'n hen lanciau'n rhannu llety yn Baker Street, Llundain. Mae'n bosib fy mod eisoes wedi cofnodi'r hanes, ond fe wnaed addewid ar y pryd i gadw'r hanes yn gyfrinachol, a dim ond yn ystod y mis diwethaf y cefais fy rhyddhau o'r addewid honno, a hynny yn sgil marwolaeth gynamserol y foneddiges y gwnaed yr addewid iddi. Efallai ei bod yn llawn cystal i'r ffeithiau hynny weld golau dydd nawr, gan fod gennyf resymau dros gredu bod sibrydion ar led parthed marwolaeth Dr Grimesby Roylott sy'n gwneud yr hanes hyd yn oed yn fwy dychrynllyd na'r gwirionedd ei hun.

Dechrau mis Ebrill oedd hi, yn y flwyddyn '83, pan ddeffrois un bore a gweld Sherlock Holmes, yn ei ddillad gwaith, yn sefyll ger erchwyn fy ngwely. Nid oedd yn un am godi'n gynnar fel arfer, a chan y dangosai'r cloc ar y silff ben tân nad oedd hi eto ond chwarter wedi saith, agorais a chau fy llygaid yn syn a braidd yn ddig, efallai, o gofio fy mod innau'n greadur defodol iawn.

'Mae'n ddrwg gen i'ch dihuno fel hyn, Watson,' meddai, 'ond mae gorchwyl annisgwyl wedi dod ar ein gwarthaf y bore 'ma. Cafodd Mrs Hudson ei chodi o'i gwely, a galwodd arna i am gymorth, fel rwyf innau'n awr yn galw arnoch chi.'

'Beth sy'n bod, felly – oes yna dân?'

'Na, na; cleient. Fe ymddengys bod boneddiges ifanc wedi dod yma yn gyffro i gyd, ac mae hi'n mynnu fy ngweld i. Mae hi'n aros yn y parlwr. Nawr, pan fydd merched ifainc yn crwydro'r metropolis yr adeg hon o'r bore, ac yn codi pobl o'u gwelyau, mi dybiwn i fod ganddyn nhw rywbeth pwysig iawn i'w ddweud. A phe digwydd i'r mater hwnnw fod yn achos diddorol, yna rwy'n siŵr y byddech chi'n dymuno'i ddilyn o'r dechrau. Roeddwn i'n teimlo, felly, y dylwn eich dihuno chithau hefyd, a rhoi'r cyfle i chi fod yn rhan o beth bynnag sydd ger ein bron.'

'Fy nghyfaill annwyl,' atebais innau, 'fyddwn i ddim am golli'r cyfle, am bris yn y byd.'

Doedd dim yn rhoi mwy o bleser i mi na dilyn Holmes yn ei ymchwiliadau proffesiynol. Edmygwn y modd y deuai i gasgliadau mor sydyn, fel petai'n ymateb yn reddfol, bron, ac eto roedd y casgliadau hynny wastad wedi eu seilio ar y rhesymeg cadarn a ddefnyddiai i ddatrys y problemau a gyflwynid iddo. Prysurais felly i dynnu fy nillad amdanaf, ac ymhen ychydig funudau roeddwn yn barod i fynd i lawr i'r parlwr yng nghwmni fy nghyfaill. Wrth inni fynd i mewn, fe gododd merch fonheddig o'i sedd yn y ffenestr; gwisgai ddillad duon o'i chorun i'w sawdl ac roedd ei hwyneb dan orchudd fêl drwchus.

'Bore da, madam,' cyfarchodd Holmes hi'n siriol. 'Fy enw i yw Sherlock Holmes. Dyma fy nghyfaill mynwesol a'm cyd-weithiwr ffyddlon, Dr Watson, a gallwch siarad yr un mor rhydd ger ei fron â chyda mi fy hun. Ha! Rwy'n falch o weld fod Mrs Hudson wedi bod yn ddigon doeth i gynnau'r tân. Dewch, closiwch ato, ac fe drefnaf eich bod yn cael cwpanaid o goffi poeth, oherwydd sylwaf eich bod chi'n crynu gan oerfel.'

'Nid yr oerni sy'n gwneud i mi grynu,' atebodd y

wraig yn dawel, gan symud i gadair agosach at y lle tân, yn unol â'r gwahoddiad.

'Beth, felly?'

'Ofn, Mr Holmes. Arswyd a braw.' Wrth iddi siarad cododd ei fêl dros ei phen, a gallem weld ei bod hi'n wir mewn stad alaethus o ofid, ei hwyneb yn llaes a llwydaidd yr olwg, a'i llygaid yn llawn dychryn, megis llygaid anifail yn cael ei ymlid. Yn ôl ei phryd a'i gwedd a'i nodweddion corfforol, roedd hi oddeutu deg ar hugain oed, ond roedd ei gwallt wedi britho cyn pryd, ac ymddangosai'n flinderus a galarus. Edrychodd Sherlock Holmes drosti'n gyflym â'i lygaid craff sy'n gweld pob dim.

'Peidiwch â phryderu,' meddai'n gysurlon, gan blygu ymlaen a chyffwrdd rhan isaf ei braich yn ysgafn. 'Fe rown ni drefn ar bethau mewn dim, rwy'n siŵr. Fe ddaethoch chi yma ar y trên y bore 'ma, mi welaf.'

'Rydych chi'n fy adnabod i, felly?'

'Na, na; ond sylwaf fod ail hanner tocyn dwyffordd yng nghledr maneg eich llaw chwith. Mae'n rhaid eich bod chi wedi cychwyn yn gynnar iawn; ac eto, fe gawsoch eich cludo am gryn bellter mewn cert ci, ar hyd ffyrdd cefn gwlad, cyn i chi gyrraedd yr orsaf.'

Rhoddodd y foneddiges naid fach fel petai hi wedi cael sioc enbyd, a rhythu mewn dryswch ar fy nghyfaill.

'Does yna ddim dirgelwch, f'annwyl fadam,' meddai Holmes gan wenu. 'Mae smotiau o laid neu fwd ar hyd braich chwith eich siaced, mewn saith man o leiaf, ac mae'r marciau hynny'n dal yn newydd. Does yna ddim un cerbyd ac eithrio cert ci a allai daflu mwd yn y fath fodd, a hynny dim ond os byddech chi'n digwydd eistedd ar yr ochr chwith i'r gyrrwr.'

'Pa ddulliau bynnag a ddefnyddiwch i resymu, rydych chi'n berffaith gywir,' meddai hi. 'Mi gychwynnais o'r tŷ cyn chwech o'r gloch y bore yma, a chyrraedd gorsaf Leatherhead am ugain munud wedi chwech, ac yna teithiais ar y trên cyntaf i Waterloo. Syr, alla i ddim goddef y straen yma rhagor; os bydd yn para mi a' i'n wallgof. Does gen i neb i droi ato – neb ar wahân i un dyn sydd â chryn feddwl ohonof, a go brin y gall o, druan, fod o fawr o gymorth i mi. Rydw i wedi clywed amdanoch chi, Mr Holmes; mi glywais i amdanoch gan Mrs Farintosh, y bu i chi ei chynorthwyo yn awr ei chyfyngder. Ganddi hi y cefais eich cyfeiriad. O, syr, ydych chi'n tybio y gallech chi fy helpu innau hefyd, ac o leiaf daflu ychydig o oleuni drwy'r tywyllwch dudew sy'n fy amgylchynu? Ar hyn o bryd mae tu hwnt i'm gallu i'ch gwobrwyo am eich gwasanaeth, ond ymhen mis neu chwe wythnos mi fydda i wedi priodi, ac yn gyfrifol am fy incwm fy hun, ac yna fe welwch pa mor ddiolchgar fyddaf.'

Trodd Holmes tuag at ei ddesg, ac ar ôl datgloi'r

clawr estynnodd lyfryn bychan ohoni a gynhwysai fanylion achosion blaenorol, a phori ynddo.

'Hm, Farintosh,' meddai yn y man. 'A, ie; rwy'n cofio'r wraig y gwnaethoch chi sôn amdani gynnau fach. Roedd a wnelo'r achos hwnnw â thiara opal. Rwy'n credu bod hynny cyn eich amser chi, Watson. Wel, madam, gallaf eich sicrhau y byddwn yn hapus i roi'r un gofal i'ch achos chi ag y gwnes i achos eich cyfeilles. O safbwynt derbyn tâl, fy ngalwedigaeth yw fy ngwobr, er bod rhyddid i chi ddigolledu unrhyw dreuliau rwy'n debygol o'u hwynebu, ar ba adeg bynnag fyddai fwyaf derbyniol i chi. Nawr, gofynnaf i chi gyflwyno i ni bopeth a allai ein cynorthwyo i ffurfio barn ynghylch y mater sy'n eich pryderu.'

'Och, gwae fi!' atebodd ein hymwelydd. 'Mae holl erchylltra fy sefyllfa'n ymwneud â'r ffaith fod fy ofnau mor annelwig, a bod fy amheuon yn ddibynnol ar fanion, a allai ymddangos yn ddibwys i rywun arall, fel bod hyd yn oed yr un, o blith pawb arall, y mae gennyf hawl i droi ato am gymorth a chyngor yn ystyried y cyfan a ddywedaf wrtho megis rhith dychymyg benyw nerfus. Nid yw'n datgan hynny'n agored, ond gallaf ei synhwyro yn ei eiriau sebonllyd a'r llygaid sy'n osgoi edrych i fyw fy rhai i. Ac mi rydw i wedi clywed y gallwch chi, Mr Holmes, dreiddio'n ddwfn i amryfal ddrygioni'r galon ddynol. Hwyrach y medrwch chi gynnig cyngor sut y gallaf droedio'n ddiogel drwy'r peryglon sydd o 'nghwmpas.'

'Y chi biau fy holl sylw, madam.'

'Fy enw i ydy Helen Stoner, ac rydw i'n byw efo'm llystad; ef yw'r aelod olaf o blith un o'r teuluoedd Sacsonaidd hynaf yn Lloegr, sef y Roylotts o Stoke Moran, ar ffin orllewinol Surrey.'

Nodiodd Holmes ei ben. 'Rwy'n gyfarwydd â'r enw,' atebodd.

'Ar un adeg roedd y teulu ymhlith y cyfoethocaf yn Lloegr, a'r ystâd yn ymestyn dros y ffin i Berkshire yn y gogledd, a Hampshire yn y gorllewin. Yn ystod y ganrif ddiwethaf, fodd bynnag, roedd pedair cenhedlaeth o etifeddion yn afradlon a gwastraffus eu natur, a dinistriwyd y teulu'n llwyr yn y diwedd gan gamblwr ffôl, yn nyddiau'r Rhaglywiaeth. Ni adawyd dim oll ar ôl, ac eithrio ychydig erwau o dir ynghyd â thŷ dau gan mlwydd oed, sydd ei hun yn parhau i fod dan bwysau morgais llethol o drwm. Yno bu'r sgweier olaf yn llusgo byw hyd at ei ddiwedd, yn byw bywyd digalon tlotyn pendefigaidd. Ond, wedi deall y byddai'n rhaid iddo addasu i ffordd newydd o fyw llwyddodd ei unig fab, sef fy llystad i, i fenthyca arian oddi ar berthynas iddo, i'w alluogi i astudio ac ennill gradd mewn meddygaeth; yn dilyn hynny ymfudodd i Galcutta, ac yno, ar sail ei ddoniau proffesiynol ynghyd â'i gymeriad grymus, sefydlodd feddygfa sylweddol. P'run bynnag, mewn pwl o ddicter yn dilyn sawl lladrad oedd wedi digwydd yn ei gartref, mi ffustiodd ei fwtler, un o'r brodorion, a'i ladd. O drwch blewyn llwyddodd i osgoi'r gosb eithaf, ond bu'n rhaid iddo ddioddef cyfnod hir yn y carchar, ac wedi hynny dychwelodd i Loegr yn ddyn chwerw wedi ei lwyr ddadrithio.

'Pan oedd Dr Roylott yn India mi briododd fy mam, Mrs Stoner, gwraig weddw ifanc yr Uwchfrigadydd Stoner, gynt o gatrawd Magnelwyr Bengal.' Aeth y wraig yn ei blaen. 'Roeddwn i a'm chwaer Julia yn efeilliaid, a dim ond dwyflwydd oed oeddem ni pan ailbriododd Mam. Roedd hi'n berchen ar swm sylweddol o arian – ei werth heb fod yn llai na mil o bunnau'r flwyddyn – ac ewyllysiodd y swm hwnnw yn ei gyfanrwydd i Dr Roylott, tra oeddem yn parhau i gyd-fyw efo fo. Yn yr ewyllys honno hefyd roedd darpariaeth i ryddhau swm penodol o arian i'w roi i'r naill a'r llall ohonom ni'n dwy os byddem yn priodi. Yn fuan iawn wedi i ni ddychwelyd i Loegr bu farw fy mam; mi gafodd ei lladd wyth mlynedd yn ôl mewn damwain reilffordd ger Crewe. Yn dilyn hynny mi roddodd Dr Roylott y gorau i'w ymdrechion i'w sefydlu ei hun mewn busnes meddygol yn Llundain, ac aethom i fyw efo fo yng nghartref ei hynafiaid yn Stoke Moran. Roedd y pres roedd fy mam wedi ei adael yn ddigon ar gyfer ein hanghenion i gyd, ac roedd hi'n ymddangos na fedrai dim byd fygwth ein hapusrwydd.

'Ond tua'r un adeg, newidiodd ein llystad yn ddychrynllyd. Yn hytrach na meithrin cyfeillgarwch efo'n cymdogion, oedd ar y dechrau'n falch o weld disgynnydd o dylwyth y Roylotts o Stoke Moran yn ôl yn yr hen gartref, a tharo heibio i dai ein gilydd, arferai ei gau ei hun yn y tŷ, a phrin y deuai allan ohono, ac eithrio i ffraeo'n ffyrnig efo pwy bynnag a ddigwyddai groesi ei lwybr. Mae tymer chwyrn, a honno'n ymylu ar orffwylledd, wedi bod yn nodwedd etifeddol o linach wrywaidd y teulu, ac yn achos fy llystad credaf fod y ffaith iddo dreulio cyfnod hir yn y trofannau wedi gwneud pethau'n waeth. Digwyddodd sawl cweryl cywilyddus, a bu i ddau o'r achlysuron hynny arwain at ymddangosiadau yn llysoedd yr heddlu, hyd nes iddo yn y diwedd gael ei adnabod gan y byd a'r betws fel gwallgofddyn y pentref; byddai'r trigolion yn ffoi wrth ei weld yn agosáu, oherwydd mae'n ŵr aruthrol o gryf, ac yn un amhosib ei drin yn ei dymer.

'Yr wythnos diwethaf, lluchiodd y gof lleol dros y clawdd i nant fyrlymog; a dim ond drwy drosglwyddo'r holl arian y gallwn ei gasglu at ei gilydd y llwyddais i atal achos cyhoeddus arall. Does ganddo'r un cyfaill ar wahân i'r sipsiwn crwydrol, ac mi fydd yn rhoi rhwydd hynt i'r rapsgaliwns hynny wersylla ar yr ychydig erwau o dir garw, a'r rheini'n drwch o fieri, sy'n weddill o ystâd y teulu; yn gyfnewid am hynny, mi fydd yntau'n derbyn eu cynnig i letya yn eu pebyll, ac yn crwydro efo nhw ar adegau am wythnosau ar y tro. Mae ganddo ddiddordeb brwd mewn anifeiliaid o India, sy'n cael eu hanfon ato gan ohebydd tramor; ar hyn o bryd mae ganddo lewpart a babŵn, sy'n crwydro'n rhydd ar ei dir gan beri bron cymaint o ofn a dychryn i'r pentrefwyr ag y mae eu meistr yn ei wneud.

'Gallwch ddychmygu, o'r hyn rydw i'n ei ddweud, nad oedd llawer o bleser ym mywydau fy chwaer Julia, druan, a minnau. Fyddai'r un gwas na morwyn yn aros efo ni, ac am amser maith ni oedd yn gwneud yr holl waith tŷ. Dim ond deg ar hugain oed oedd hi pan fu hi farw, ond roedd ei gwallt eisoes wedi dechrau gwynnu, yn yr un modd ag y mae fy ngwallt innau yn prysur golli ei liw.'

'Mae eich chwaer wedi marw, felly?'

'Bu farw gwta ddwy flynedd yn ôl, ac am ei marwolaeth hi rydw i'n dymuno siarad efo chi. Mi allwch chi ddeall, a ninnau'n byw'r bywyd a ddisgrifiais i chi gynnau, mai prin roeddem ni'n debygol o weld neb o'n hoed nac o'n safle cymdeithasol ni ein hunain. Fodd bynnag, roedd gennym un fodryb, sef chwaer ddibriod fy mam, Miss Honoria Westphail, sy'n byw ger Harrow, a phob hyn a hyn roeddem yn cael caniatâd i ymweld â hi am gyfnodau byr yn ei

chartref. Ddwy flynedd yn ôl aeth Julia yno i aros
dros y Nadolig. Cyfarfu â swyddog milwrol oedd
yn gwasanaethu ar hanner comisiwn cyflogedig fel
Uwchgapten gyda'r Llynges, gan ddyweddïo efo fo
maes o law. Pan ddychwelodd fy chwaer daeth fy
llystad i wybod am y dyweddïad, a wnaeth o ddim
sôn am unrhyw wrthwynebiad i'r uniad; ond o fewn
pythefnos i'r diwrnod a bennwyd ar gyfer y briodas,
digwyddodd y trychineb dychrynllyd sydd wedi fy
amddifadu o'm hunig enaid hoff, cytûn ar wyneb y
ddaear gron yma.'

Roedd Sherlock Holmes wedi bod yn eistedd yn
ôl yn ei gadair â'i lygaid ynghau a'i ben yn ddwfn
mewn clustog, ond yn awr dechreuodd hanner agor
ei amrannau a chiledrych ar ei ymwelydd.

'Ga i ofyn i chi adrodd yr hanes yn fanwl gywir, os
gwelwch chi'n dda?' meddai.

'Bydd hynny'n hawdd, Mr Holmes, gan fod pob
digwyddiad bach o'r amser ofnadwy hwnnw wedi ei
serio ar fy nghof. Mae'r plasty, fel y soniais eisoes, yn
hen iawn, a dim ond yn un rhan ohono mae modd
i ni fyw bellach. Mae'r ystafelloedd gwely ar y llawr
gwaelod yn y rhan honno, a'r ystafelloedd byw ym
mloc canolog y prif adeilad. O'r ystafelloedd cysgu,
yr un gyntaf ydy un Dr Roylott, yr ail un ydy un fy
chwaer, a'r drydedd un ydy fy ystafell i fy hun. Does
yna'r un drws yn cysylltu yr un ohonynt â'i gilydd,

ond maen nhw i gyd yn rhannu'r un coridor. Ydy hynny'n ddigon clir, d'wedwch?'

'Yn berffaith glir.'

'Mae ffenestri'r tair ystafell wely yn agor allan ar y lawnt. Ar y noson dyngedfennol honno roedd Dr Roylott wedi mynd i'w ystafell yn gynnar, er y gwyddem nad oedd yn bwriadu cysgu'n syth, oherwydd roedd fy chwaer yn cael ei phoeni gan arogl cryf y sigârs o India roedd o'n arfer eu hysmygu. Felly, gadawodd ei hystafell a dod draw i'm hystafell i, lle'r eisteddodd am beth amser yn sgwrsio am ei phriodas, a oedd i'w chynnal yn fuan. Am un ar ddeg o'r gloch cododd o'i chadair i ddychwelyd i'w hystafell, ond safodd am ennyd wrth y drws ac edrych yn ei hôl.

'"D'wed wrtha i, Helen," meddai hi, "wyt ti erioed wedi clywed rhywun yn chwibanu ym mherfedd y nos?"

'"Bobl annwyl, naddo, erioed," atebais.

'"Go brin, mae'n debyg, y gallet ti chwibanu yn dy gwsg?"

'"Na fedrwn, siŵr. Ond pam rwyt ti'n holi?"

'"Oherwydd bob nos yn ddiweddar, tua thri o'r gloch y bore, rydw i wedi bod yn clywed sŵn chwibanu isel a chlir. Gan mai cysgu'n ysgafn fydda i, mae'r sŵn wedi fy neffro i. Alla i ddim dweud o ble mae'r chwibanu'n dod – o'r ystafell drws nesaf, efallai, neu o gyfeiriad y lawnt. Meddwl oeddwn i y byddwn i jest yn gofyn, tybed a oeddet tithau wedi ei glywed hefyd?"

"'Naddo, ar fy llw. Mae'n rhaid mai'r crwydrwyr melltigedig yna yn y blanhigfa sy'n gyfrifol amdano."

"'Mwy na thebyg. Ac eto, pe bai'r sŵn yn dod o gyfeiriad y lawnt, oni fyddet tithau hefyd wedi ei glywed o?"

"'Byddwn, ond rydw i'n cysgu'n drymach na thi."

"'Wel, dydy o ddim yn fater o bwys mawr, ta beth," gwenodd yn ôl arna i, cyn cau'r drws yn dawel; ymhen ychydig eiliadau wedyn mi glywais allwedd ei hystafell yn troi yn y clo.'

'Felly'n wir,' ychwanegodd Holmes. 'A oeddech chi wastad yn cloi drysau eich ystafelloedd gyda'r nos?'

'Wastad.'

'Pam, felly?'

'Rydw i'n meddwl i mi sôn fod y meddyg yn cadw llewpart a babŵn. Doeddem ni ddim yn teimlo'n ddiogel oni bai fod ein drysau ar glo.'

'Siŵr iawn. Ewch ymlaen â'ch datganiad.'

'Roeddwn i'n methu cysgu'r noson honno. Roedd rhyw deimlad annifyr yn gwasgu arna i, fel petai rhyw anffawd ar fin ein taro. Roedd fy chwaer a minnau, mi gofiwch, yn efeilliaid, a gwyddoch mor denau ydy'r rhubanau sy'n clymu dau enaid cytûn. Roedd y gwynt y tu allan yn rhuo, a'r glaw yn curo ac yn tasgu'n ddidostur yn erbyn y ffenestri. Yn ddisymwth, ynghanol dwndwr y corwynt, clywais sgrech erchyll, yn amlwg o enau merch mewn braw dychrynllyd. Mi wyddwn mai llais fy chwaer oedd o. Neidiais o'r gwely, lapio siôl dros fy ysgwyddau, a rhuthro i'r coridor. Wrth i mi agor y drws, rydw i'n meddwl i mi glywed chwibaniad isel, tebyg i'r un roedd fy chwaer wedi ei disgrifio, ac ymhen ychydig eiliadau, clywais sŵn clindarddach, fel pe bai rhywbeth metel wedi disgyn ar y llawr. Wrth i mi redeg ar hyd y coridor, gwelais fod drws ystafell fy chwaer ar agor ac yn siglo'n araf ar ei golfachau. Sefais yn rhythu arno mewn arswyd dychrynllyd, heb wybod beth oedd ar fin digwydd.

'Yng ngoleuni'r lamp olew yn y coridor, gwelwn fy chwaer yn dod i'r golwg ger y drws, ei hwyneb yn wyn fel y galchen mewn braw, ei dwylo'n ymbalfalu am gymorth, ei chorff i gyd yn siglo o un ochr i'r llall fel meddwyn. Mi redais ati hi gan daflu fy mreichiau amdani, ond y foment honno ildiodd ei phengliniau, a disgynnodd yn swp i'r llawr. Roedd hi'n gwingo fel enaid mewn poen difrifol, ei breichiau a'i choesau wedi eu cloi gan wayw. Ar y dechrau roeddwn i'n meddwl nad oedd hi wedi fy adnabod; ond wrth i mi blygu drosti, mi sgrechiodd yn ddirybudd mewn llais nad anghofia i byth mohono, "O, Dduw mawr! Helen! Y cylch oedd o! Y cylch brith!" Roedd hi'n amlwg yn ymdrechu'n daer i ychwanegu rhywbeth arall, gan drywanu'r aer efo'i bys i gyfeiriad ystafell y meddyg;

ond cafodd bwl arall a thagodd y geiriau yn ei gwddf. Rhuthrais allan ar f'union, gan alw enw fy llystad yn uchel, a dod wyneb yn wyneb ag o ar ei ffordd allan o'i ystafell yn ei ŵn gwisgo. Erbyn iddo benlinio wrth ochr fy chwaer roedd hi'n anymwybodol, ac er iddo arllwys brandi i lawr ei gwddf ac anfon am gymorth meddygol o'r pentref, roedd pob ymdrech i'w hadfer yn ofer, oherwydd yn araf suddodd ei hysbryd, a bu farw heb ddod ati ei hun. A dyna'r modd truenus y treuliodd fy chwaer annwyl ei heiliadau olaf.'

'Un funud,' prysurodd Holmes i ymateb. 'Ydych chi'n berffaith sicr ynglŷn â'r chwibaniad a'r sŵn metelaidd yna? Allech chi dyngu llw i chi glywed y synau hynny'n glir?'

'Dyna'n union yr hyn ofynnodd crwner y sir i mi yn yr ymchwiliad. A'm hargraff bendant, syr, yw i mi eu clywed nhw; ac eto, yng nghanol twrw'r corwynt ynghyd â'r amrywiol wichiadau o fewn adeilad mor hynafol, hwyrach i mi gael fy nhwyllo yn hynny o beth.'

'Oedd eich chwaer yn gwisgo'i dillad arferol?'

'Nac oedd, roedd hi yn ei choban. Yn ei llaw dde mi ddarganfuwyd stwmp matsien oedd wedi llosgi'n ulw, ac yn ei llaw chwith flwch matsys.'

'Yn dangos ei bod hi wedi cynnau fflam o oleuni ac yn edrych o'i chwmpas, pan gafodd ei dychryn. Mae hynny'n bwysig. A beth oedd casgliadau'r crwner?'

'Mi ymchwiliodd i'r achos yn fanwl iawn, oherwydd roedd ymddygiad drwg-enwog Dr Roylott yn destun siarad ledled y sir, ond methodd ddod o hyd i unrhyw reswm boddhaol am ei marwolaeth. Dangosodd fy nhystiolaeth i fod drws ei hystafell wedi ei gloi o'r tu mewn, a bod ar y ffenestri gaeadau henffasiwn a bariau haearn llydan ar eu traws, a'r rheini'n cael eu cau'n dynn a diogel bob nos. Gwnaed profion gofalus ar y waliau trwchus, a'u cael yn gadarn yr holl ffordd o amgylch yr ystafell; archwiliwyd y llawr yn drwyadl hefyd, a'r un oedd y canlyniadau. Mae'r simdde'n llydan, ond mae pedwar stwffwl mawr ar draws yr agoriad. Does dim dwywaith, felly, nad oedd fy chwaer ar ei phen ei hun pan fu farw. Ar ben hynny, doedd dim arwydd o unrhyw drais yn unman ar ei chorff.'

'Beth am wenwyn?'

'Mi wnaeth y meddygon ei harchwilio'n fwriadol, ond heb allu profi dim.'

'Beth ydych chi'n ei feddwl, felly, oedd achos marwolaeth y foneddiges anffodus?'

'Fy nghred i ydy i'm chwaer farw o ofn pur a sioc nerfus, ond beth ar y ddaear wnaeth ei dychryn hi, alla i yn fy myw â dychmygu.'

'Oedd yna sipsiwn yn y blanhigfa ar y pryd?'

'O, oedd, mae yna rai ohonyn nhw yno drwy'r adeg, bron.'

'O, felly'n wir. A beth ydych chi'n ei gasglu o'r cyfeiriad aneglur hwnnw at gylch – y cylch brith?'

'Weithiau, mi fydda i'n meddwl mai rhyw fath o siarad ffwndrus ydoedd, dan effaith deliriwm dwys. Dro arall mi fydda i'n tybied ei bod yn cyfeirio at ryw gylch o bobl; hwyrach ei bod yn cyfeirio at yr union dylwyth hwnnw o sipsiwn oedd yn y blanhigfa. Wn i ddim ai'r hancesi brith y bydd cynifer ohonyn nhw'n eu gwisgo o amgylch eu pennau a barodd iddi hi ynganu'r ansoddair rhyfedd hwnnw.'

Ysgydwodd Holmes ei ben fel dyn oedd ymhell o fod yn fodlon.

'Dyma ddyfroedd dyfnion iawn,' meddai, 'ond ewch ymlaen â'ch stori, Miss Stoner.'

'Mae dwy flynedd wedi mynd heibio oddi ar hynny, ac mae fy mywyd wedi bod yn fwy unig nag erioed – tan yn ddiweddar. Fis yn ôl, fodd bynnag, mae cyfaill annwyl i mi, un rydw i'n ei adnabod ers blynyddoedd lawer, wedi fy anrhydeddu drwy ofyn i mi ei briodi. Armitage ydy ei enw – Percy Armitage, ail fab Mr Armitage o Crane Water, ger Reading. Dydy fy llystad ddim wedi mynegi unrhyw wrthwynebiad i'r uniad, ac mae trefniadau ar y gweill i ni briodi'r gwanwyn nesaf.

'Ddeuddydd yn ôl dechreuwyd ar waith atgyweirio yn adain orllewinol y plasty, ac mae twll bychan wedi'i wneud drwy un o furiau fy ystafell wely, ac felly rydw i wedi gorfod symud i'r siambr lle bu farw fy chwaer, a chysgu yn yr union wely roedd hi'n cysgu ynddo. Dychmygwch, felly, yr ias o arswyd a deimlais neithiwr wrth i mi orwedd yn effro yng nghanol y nos yn ystyried ei thynged ofnadwy, a chlywed yn sydyn yn y distawrwydd llethol yr un chwibaniad isel â honno oedd wedi rhagflaenu ei marwolaeth hi. Neidiais o'r gwely ar fy union a chynnau'r lamp, ond doedd dim i'w weld yn yr ystafell. Roeddwn i wedi fy nghynhyrfu ormod i fynd yn ôl i'r gwely, p'run bynnag, felly gwisgais fy nillad amdanaf; a chyn gynted ag y torrodd y wawr, llithrais o'r tŷ ac mi gefais i gert ci ger y Crown Inn sydd gyferbyn â ni, a gyrru i Leatherhead. Oddi yno wedyn deuthum yma i Lundain y bore 'ma, efo'r bwriad penodol o'ch gweld chi, syr, a gofyn am eich cyngor.'

'Doeth iawn,' oedd sylw fy nghyfaill. 'Ond ydych chi wedi dweud y cyfan wrthyf fi?'

'Do, y cyfan.'

'Na, Miss Stoner, dydych chi ddim. Rydych chi'n amddiffyn eich llystad.'

'Beth ydych chi'n ei feddwl?'

Yn hytrach na'i hateb, estynnodd Holmes ei law i symud yn ei hôl y ffrilen les ddu oedd yn addurno'r llaw a orffwysai ein hymwelydd ar ei glin. Daeth pum smotyn dulas i'r golwg, marciau pedwar bys a bawd, a'r rheiny i'w gweld yn glir ar yr arddwrn gwyn.

'Rydych chi wedi cael eich trin yn greulon,' awgrymodd Holmes.

Gwridodd y foneddiges, a gorchuddio'i harddwrn briwedig. 'Dyn caled ydy o,' esboniodd yn gwta, 'ac efallai nad ydy o'n llawn sylweddoli ei nerth ei hun.'

Bu distawrwydd hir. Pwysodd Holmes ei ên ar ei ddwylo a syllu'n ddwys i fflamau'r tân oedd yn clecian yn y grât.

'Ie, dyma fusnes cymhleth iawn,' meddai o'r diwedd. 'Mae yna gant a mil o fanylion y dymunwn eu cael cyn i mi benderfynu ar y cam nesaf. Ond rhaid gweithredu ar fyrder. Os byddem ni'n dod draw i Stoke Moran brynhawn heddiw, ydych chi'n tybio y byddai'n bosib i ni gael golwg ar yr ystafelloedd heb i'ch llystad wybod?'

'Fel mae'n digwydd, fe soniodd ddoe am ddod i'r ddinas heddiw ar ryw fusnes eithriadol o bwysig. Mae'n debygol y bydd oddi cartref drwy'r dydd, ac na fyddai dim byd i darfu arnoch. Erbyn hyn mae gennym wraig sy'n cadw tŷ i ni, ond mae hi mewn gwth o oedran a braidd yn ffwndrus, a byddai'n hawdd i mi drefnu i'w chadw o'r ffordd.'

'Ardderchog. Does gennych chi ddim byd yn erbyn yr ymweliad, Watson?'

'Ddim o gwbl.'

'Os felly, fe ddown ni'n dau. Beth ydych chi eich hun am ei wneud?'

'Mae gen i un neu ddau o bethau yr hoffwn eu gwneud, tra 'mod innau yma yn Llundain. Ond mi fydda i'n dychwelyd ar y trên deuddeg o'r gloch, fel y bydda i yno mewn pryd i'ch disgwyl.'

'Ac fe allwch ein disgwyl ni yn gynnar yn y prynhawn. Mae gen i fy hun ryw fân faterion busnes i ddelio â nhw, yn y cyfamser. Pam na wnewch chi aros i gael brecwast?'

'Na'n wir, mae'n rhaid i mi fynd. Rydw i'n ysgafnach fy nghalon yn barod ar ôl ymddiried fy mhroblemau i chi. Mi fydda i'n edrych ymlaen at eich gweld chi eto'r prynhawn yma.' Ailorchuddiodd ei hwyneb gyda'r rhwyden ddu drwchus a llithrodd allan o'r ystafell yn dawel ac yn ddigyffro.

'A beth ydych chi'n ei feddwl o'r cyfan, Watson?' holodd Sherlock Holmes, gan bwyso'n ôl yn ei gadair.

'Mae'n ymddangos i mi fod hwn yn hen fusnes tra thywyll a sinistr.'

'Digon tywyll yn wir, a digon sinistr.'

'Ac eto, os yw'r foneddiges yn gywir wrth ddweud bod y lloriau a'r muriau yn solet, ac nad oes modd cael mynediad drwy'r drws na'r ffenestr na'r simnai, yna does dim amheuaeth nad ar ei phen ei hun yr oedd ei chwaer pan gyfarfu â'i diwedd anesboniadwy.'

'Beth, felly, yw eich esboniad am y chwibanu yma liw nos? A beth am eiriau hynod y wraig wrth iddi farw?'

'Alla i yn fy myw â dychmygu,' meddai fy nghyfaill.

'Pan gyfunwch chi'r syniadau am y chwibanu ym mherfedd nos, am bresenoldeb criw o sipsiwn sydd ar delerau agos gyda'r hen feddyg yma, y ffaith fod gennym bob rheswm dros gredu bod y meddyg yn awyddus i rwystro'i lysferch rhag priodi, cyfeiriad y ferch wrth iddi drengi at gylch o ryw fath, ac yn olaf un y ffaith fod Miss Helen Stoner wedi clywed sŵn metelaidd yn diasbedain, sŵn a allai fod wedi ei achosi gan un o'r bariau hynny sy'n diogelu caeadau'r ffenestri wrth iddo ddisgyn yn ôl i'w le, yna fe ddalia i'n gryf fod lle i gredu mai ar hyd y llinellau hynny y llwyddwn ni i ddatrys y dirgelwch hwn.'

'Ond beth, felly, wnaeth y sipsiwn?'

'Duw a ŵyr.'

'Rydw i'n gweld sawl anhawster gyda damcaniaeth o'r fath.'

'A minnau hefyd. Ac am yr union reswm hwnnw rydym ni'n mynd draw i Stoke Moran heddiw. Rwyf am weld a yw'r anawsterau hynny o dragwyddol bwys, neu a ellir cynnig esboniad rhesymol drostyn nhw. Ond beth, yn enw'r Diawl?'

Yr hyn oedd wedi ennyn y fath ebychiad o enau fy nghyfaill oedd y ffaith i'n drws gael ei hyrddio'n agored yn hollol ddirybudd, a bod dyn anferthol wedi ymddangos yn y bwlch. Roedd ei wisg yn gymysgedd od o ddillad proffesiynol ac amaethyddol: het silc ddu ar ei ben, ffrog-côt laes, a phâr o goesarnau uchel; yn ei law yr oedd chwip hela. Roedd y creadur mor dal fel bod ei het yn cyffwrdd trawst uchaf y drws, ac roedd ei gorff mor llydan fel ei fod yn llenwi ffrâm y drws. Â'i wyneb mawr, oedd wedi ei serio gan filoedd o grychau, a hwnnw'n felyn gan yr haul ac yn bradychu pob nwyd anfadus, edrychai o'r naill i'r llall ohonom ni; ac roedd ei lygaid dirgel-ddwfn, gwaetgoch a llawn bustl, a'i drwyn main â'i bont uchel, esgyrnog, yn gwneud iddo edrych yn debyg iawn i hen fwltur ysglyfaethus a ffyrnig.

'Pa un ohonoch chi ydy Holmes?' rhuodd y ddrychiolaeth.

'Fy enw i yw hwnnw, syr; ond, maddeuwch i mi, mae gennych fantais arnaf,' ymatebodd fy nghyfaill yn gwrtais dawel.

'Fi ydy Dr Grimesby Roylott, o Stoke Moran.'

'Felly'n wir, Doctor,' atebodd Holmes yn fwyn. 'Da chi, syr, eisteddwch.'

'Wna i ddim byd o'r fath. Mae fy llysferch wedi bod yma. Rydw i wedi dilyn ei thrywydd hi bob cam i'r lle hwn. Beth mae hi wedi bod yn ei ddweud wrthych chi?'

'Mae hi braidd yn oer am yr adeg yma o'r flwyddyn,' meddai Holmes.

'Beth mae hi wedi ei ddweud wrthych chi?' taranodd yr hen ŵr yn flin gynddeiriog.

'Ond rwyf wedi clywed y bydd y saffrwn yn werth ei weld eleni,' atebodd fy nghyfaill yn ddigyffro.

'Hy! Chi'n ceisio fy mwrw oddi ar fy echel, ydych chi?' meddai ein hymwelydd newydd, gan gamu ymlaen ac ysgwyd ei chwip hela. 'Mi wn i amdanoch chi, y cnaf! Rydw i wedi clywed amdanoch chi o'r blaen. Chi ydy Holmes, y busnesgi!'

Gwenodd fy nghyfaill.

'Holmes, â'i fys ym mrywes pawb!'

Lledodd ei wên ar draws ei wyneb.

'Holmes, "Siôn Swyddfa" Scotland Yard.'

Chwarddodd Holmes yn iach. 'Mae eich sgwrs yn ddifyr iawn,' meddai. 'Caewch y drws wrth i chi fynd allan, da chi; mae yna ddrafft amlwg yn yr ystafell yma.'

'Mi adawa i ar ôl i mi ddweud fy nweud. Peidiwch chi â meiddio busnesa yn fy materion i, Mr Holmes. Mi wn i'n iawn fod Miss Stoner wedi bod yma; mi wnes i ddilyn ei chamre yr holl ffordd! Rydw i'n ddyn peryglus i sathru ar ei gyrn! Edrychwch…' Camodd ymlaen yn frysiog, gafael yn y pocer tân, a'i grymu fel cryman â'i ddwylo brown enfawr.

'Jest cadwch chi draw o afael fy nghrafangau i,' cyfarthodd, a chan hyrddio'r pocer cam yn ôl i'r lle tân, brasgamodd allan o'r ystafell.

'Am greadur dymunol,' meddai Holmes, gan chwerthin. 'Mae'n wir nad wyf mor fawr ag e, ond pe bai wedi aros efallai y byddwn i wedi dangos iddo nad yw fy ngafael i damaid gwannach na'i eiddo ef.' Wrth iddo siarad, cododd y pocer, a chyda hergwd sydyn fe'i sythodd unwaith eto.

'Dychmygwch y fath haerllugrwydd – yn meiddio fy nghymysgu i ag un o dditectifs swyddogol yr heddlu! Mae'r digwyddiad, serch hynny, yn hwb i'r ymchwiliad. 'Dwyf i ond yn gobeithio na fydd ein cyfaill annwyl yn dioddef o ganlyniad i'w hannoethineb, yn caniatáu i'r bwystfil hwn ei dilyn. Felly nawr, Watson, fe archebwn ni frecwast, ac wedyn fe gerddaf i Lys y Meddygon, lle rwy'n gobeithio cael gafael ar ddata a all ein cynorthwyo ni'n y mater sydd ger ein bron.'

Roedd hi bron yn un o'r gloch pan ddychwelodd Sherlock Holmes o'i daith. Yn ei law roedd dalen o bapur glas â nodiadau a rhifau wedi eu sgriblan arni.

'Rwyf wedi gweld ewyllys y wraig a fu farw,' meddai, 'ac er mwyn ceisio dod o hyd i'w hunion ystyr bu raid i mi weithio allan brisiau cyfredol y buddsoddiadau sydd ynghlwm wrthi. Erbyn hyn dyw cyfanswm yr incwm, a oedd bron yn £1,100 pan fu farw'r wraig, yn ddim mwy na £750, a hynny oherwydd y gostyngiad a fu mewn prisiau amaethyddol. Gall y ddwy chwaer hawlio incwm o £250 yr un ar achlysur eu priodas. Mae'n amlwg felly, petai'r ddwy ferch wedi priodi, mai dim ond cyflog mwnci fyddai'r dihiryn hwn yn ei gael. Pe byddai hyd yn oed un o'r chwiorydd yn priodi, byddai'n ddigon i'w ddinistro'n ariannol, fwy neu lai. Ond doedd fy llafur y bore hwn ddim yn ofer o bell ffordd. Mae'n profi bod ganddo gymhellion cryf iawn dros rwystro unrhyw briodas. A nawr, Watson, mae'r mater hwn yn rhy ddifrifol i ni lusgo ein traed, yn arbennig gan fod yr hen ŵr yn gwybod ein bod ni'n ymddiddori yn ei fusnes; felly os y'ch chi'n barod, fe alwn ni am gerbyd er mwyn gyrru i Waterloo. Byddwn yn ddiolchgar pe bai modd i chi lithro llawddryll i'ch llogell. Does dim i guro cetrisen Eley Rhif 2 i setlo dadl gyda bonheddwr sy'n giamstar ar blygu poceri dur yn glymau. Hwnnw, a brws dannedd yr un, am wn i, yw'r cyfan fyddwn ni'n dau ei angen.'

Wedi i ni gyrraedd Waterloo, fe fuom yn ddigon ffodus i ddal y trên yn syth i Leatherhead. Yno, fe wnaethom logi trap o dafarn yr orsaf, a gyrru am bedair neu bum milltir ar hyd lonydd hyfryd Swydd Surrey. Roedd hi'n ddiwrnod bendigedig o braf, yr haul yn disgleirio a llond llaw o gymylau gwyn-wlanog yn y ffurfafen. Roedd y blagur gwyrdd cynharaf i'w weld ar y coed ac ar y gwrychoedd ar hyd ymyl y ffordd, ac roedd yr awyr ei hun yn llawn o sawr pleserus y ddaear laith. Ond yn fy meddwl i gwelwn ryw gyferbyniad rhyfedd rhwng yr addewid felys am ddyfodiad y gwanwyn a'r cyrch sinistr yr oeddem ni'n dau wedi ymrwymo iddo. Eisteddai fy nghydymaith ym mhen blaen y trap, ei ddwylo ymhleth, ei het hela ceirw wedi ei thynnu dros ei lygaid, ei ên yn isel ar ei frest, mewn myfyrdod dwys. Yn sydyn, fodd bynnag, rhoddodd naid fach, fy nharo'n ysgafn ar fy ysgwydd, a phwyntio â'i fys tuag at y dolydd.

'Edrychwch draw fan acw!' meddai.

Ymestynnai parc coediog i fyny bryn a godai'n raddol, nes ffurfio coedwig drwchus, dywyll ar y copa. O ganol y canghennau ymwthiai talcen tŷ llwydaidd yr olwg a tho uchel plasty hynafol.

'Stoke Moran?' holodd fy nghydymaith.

'O, ie, syr,' atebodd y gyrrwr, 'hwn 'co fan 'co yw cartre Dr Grimesby Roylott.'

'Mae yna waith adeiladu'n mynd ymlaen yno,' sylwodd Holmes, gan ychwanegu: 'Dyna lle rydym ni'n mynd iddo.'

'A 'co'r pentre,' esboniodd y gyrrwr, gan bwyntio at glwstwr o doeau tai beth pellter i ffwrdd ar y chwith. 'Ond os y'ch chi'n mo'yn mynd at y tŷ mawr, fe ffindiwch taw cynted i chi groesi'r sticil fan 'na, a dilyn y llwybr wedyn drwy'r caeau. 'Co fe'r llwybr, lle mae'r lodes 'na'n rhodio.'

'A'r lodes, mi debygaf, yw Miss Stoner,' meddai Holmes, gan gysgodi'r heulwen o'i lygaid â'i law. 'Ie'n wir, well i ni dderbyn eich awgrym.'

Daethom o'r cerbyd a thalu'r arian oedd yn ddyledus. Yna clywsom y trap yn clindarddach ar ei hynt yn ôl i Leatherhead.

'Meddyliais mai cystal peth,' esboniodd Holmes wrth i ni ddringo dros y gamfa, 'oedd i'r llanc yna dybio ein bod ni wedi dod yma fel penseiri, neu ar ryw berwyl cyffelyb. Efallai y bydd hynny'n rhoi taw ar ei glebran. Prynhawn da, Miss Stoner. Fe welwch ein bod ni'n dau wedi bod cystal â'n gair.'

Roedd y cleient y bu i ni gwrdd â hi yn gynharach y bore hwnnw wedi prysuro i'n cyfarfod ag wyneb a fynegai lawenydd. 'Rydw i wedi bod yn disgwyl mor eiddgar amdanoch chi,' meddai'n siriol, gan ysgwyd ein dwylo'n groesawgar. 'Mae popeth wedi mynd yn rhagorol hyd yma. Mae Dr Roylott wedi mynd i Lundain, ac yn annhebygol o ddychwelyd cyn min nos.'

'Rydym ni eisoes wedi cael y pleser o ddod i adnabod y meddyg yn lled dda,' meddai Holmes; ac mewn ychydig eiriau amlinellodd yn fyr yr hyn oedd wedi digwydd. Wrth iddi wrando, trodd gwefusau Miss Stoner yn welw wyn.

'Nefoedd wen!' ebychodd. 'Roedd o wedi fy nilyn i, felly.'

'Felly yr ymddengys.'

'Mae o mor gyfrwys fel nad ydw i byth yn gwybod pryd rydw i'n ddiogel oddi wrtho. Beth ar y ddaear fawr ddywedith o pan fydd o'n dychwelyd?'

'Rhaid iddo fod ar ei wyliadwriaeth; gallai ddarganfod bod rhywun hyd yn oed mwy cynllwyngar nag ef ei hun ar ei drywydd. Fe fydd yn rhaid i chi gloi'r drws heno. Os bydd e'n dreisgar, yna fe wnawn ni eich symud i dŷ eich modryb yn Harrow. Nawr 'te, mae'n rhaid i ni wneud y gorau o'n hamser prin, felly tybed a fyddech cystal â'n tywys ni ar unwaith i'r ystafelloedd mae angen i ni eu harchwilio.'

Adeilad o wenithfaen llwyd ydoedd, a hwnnw wedi ei orchuddio â sypiau gwyrdd o gen. Roedd to'r rhan ganol yn uwch na'r gweddill, ac roedd dwy adain grom yn ymestyn allan bob ochr, megis crafangau cranc enfawr. Yn un adain roedd y ffenestri wedi torri ac wedi eu cau â byrddau pren, ac roedd y to hefyd wedi cwympo i mewn arno'i hun yn rhannol – adfail yn wir. Doedd cyflwr canol yr adeilad fawr gwell, ychwaith. Ond roedd y bloc ar yr ochr dde yn gymharol fodern; roedd y llenni ar y ffenestri, a'r mwg glas a ymdroellai o'r simneiau yn dangos mai dyma'r rhan o'r tŷ lle y preswyliai'r teulu. Roedd ychydig o sgaffaldiau wedi eu codi yn erbyn talcen yr adeilad, ac roedd bwlch wedi ei dorri yn y gwaith maen, ond doedd dim arwyddion fod gweithwyr yno ar y pryd. Cerddodd Holmes yn araf i fyny ac i lawr y lawnt, a edrychai fel pe bai wedi ei rhwygo yn hytrach na'i thorri, gan graffu ar saernïaeth allanol y ffenestri.

'Rwy'n cymryd bod y ffenestr hon yn perthyn i'r ystafell lle roeddech chi'n arfer cysgu ynddi, a'r ffenestr ganol yna'n perthyn i ystafell eich chwaer, a bod y ffenestr sydd agosaf at y prif adeilad yn perthyn i Dr Roylott.'

'Yn union felly. Ond ar hyn o bryd rydw i'n cysgu yn yr ystafell ganol.'

'Oherwydd y gwaith adeiladu, os deallaf yn gywir. Gyda llaw, dyw hi ddim yn ymddangos bod unrhyw alw mawr am atgyweirio'r wal dalcen yna.'

'Na, doedd dim angen hynny o gwbl. Yn fy marn i, esgus i'm symud i allan o'm hystafell oedd y cyfan.'

'A! Mae yna awgrym yn eich geiriau. Nawr 'te, yr ochr arall i'r adain gul yma mae'n rhaid bod coridor a drysau'r ystafelloedd hyn yn agor allan iddo. Mae yna ffenestri yn waliau'r coridor, wrth gwrs?'

'Oes, ond rhai bychain iawn ydyn nhw – yn rhy gul i unrhyw berson fedru dringo i mewn ac allan drwyddyn nhw.'

'Ond gan eich bod chi eich dwy yn cloi eich drysau gyda'r nos, doedd dim ffordd o gael mynediad i'r un o'ch ystafelloedd chi o'r ochr honno. Nawr 'te, fyddech chi mor garedig â mynd i mewn i'ch ystafell a chau caeadau'r ffenestri a rhoi'r bar ar eu traws i'w cloi nhw yn eu lle.'

Gwnaeth Miss Stoner yr hyn a ofynnwyd iddi, ac archwiliodd Holmes y caeadau o'r tu allan, drwy'r ffenestr agored, gan ymdrechu ym mhob ffordd i wthio'r caeadau ar agor, ond heb unrhyw lwyddiant. Doedd dim un rhigol y gellid gwthio cyllell drwyddi i godi'r bar. Yna, â'i chwyddwydr, archwiliodd y colfachau'n fanwl, ond roeddent hwythau o haearn caled ac wedi eu hadeiladu'n gadarn fel rhan o saernïaeth y gwaith maen swmpus.

'Hm!' Crafodd ei ên mewn peth penbleth. 'Mae fy namcaniaeth i yn amlwg yn llawn meini tramgwydd. Allai'r un copa walltog wthio drwy gaeadau'r ffenestri hyn, a hwythau wedi eu bolltio. Wel, fe gawn ni weld a fydd unrhyw beth pellach yn dod i'r amlwg y tu mewn i'r ystafell.'

Arweiniai drws ochr bychan i mewn i'r coridor gwyngalchog, ac ar hyd hwnnw roedd drysau'r tair ystafell wely. Gwrthododd Holmes archwilio'r drydedd siambr, felly fe wnaethom anelu'n syth at yr ail, sef yr un lle cysgai Miss Stoner ar y pryd, a lle roedd ei chwaer wedi dod wyneb yn wyneb â'i thynged angheuol. Ystafell fechan ddigon cartrefol oedd honno, ac iddi nenfwd isel a lle tân agored fel a geid mewn hen dai gwledig. Yn un gongl roedd cist ddroriau frown, a gwely cul ac arno garthen wen drwsiadus mewn congl arall; yr ochr chwith i'r ffenestr roedd bwrdd ymbincio destlus. Y rhain, a dwy gadair fechan o blethwaith gwiail, oedd yr unig ddodrefn yn yr ystafell, ar wahân i ddarn sgwâr o garped Wilton ar ganol y llawr. Roedd y byrddau a'r paneli ar y muriau o dderw brown yn llawn tyllau pry, eu lliwiau wedi pylu gan amser, ac felly'n dyddio'n ôl o bosib i gyfnod adeiladu'r tŷ yn wreiddiol. Tynnodd Holmes un o'r cadeiriau gwiail i'r gornel wag ac eistedd yno'n dawel, tra symudai ei lygaid i fyny ac i lawr o amgylch y lle, gan sylwi ar bob manylyn yn yr ystafell.

'Â ble mae'r gloch yna'n cysylltu?' gofynnodd o'r diwedd, gan bwyntio at raff drwchus oedd yn hongian gydag ochr y gwely, a'r tasel ei hun yn gorwedd ar y gobennydd.

'Mae hi'n cysylltu ag ystafell yr howsgiper.'

'Mae'n edrych yn fwy newydd na'r pethau eraill sydd yn yr ystafell yma, on'd yw hi?'

'Digon posib; dim ond rhyw flwyddyn neu ddwy yn ôl y cafodd ei gosod.'

'Eich chwaer ofynnodd amdani, siŵr o fod?'

'Na; chlywais i mohoni erioed yn sôn am ei defnyddio. Fe fyddem ni wastad yn gofalu am yr hyn roeddem ei angen drosom ein hunain.'

'Felly'n wir; os hynny, onid oedd gosod rhaff mor hardd yma braidd yn ddiangen? Ond, esgusodwch fi

am funud neu ddau tra bydda i'n archwilio'r llawr.'
Taflodd ei hun i lawr ar ei bengliniau, ei chwyddwydr
yn ei law; a chan gropian ar ei bedwar yn gyflym yn ôl
a blaen, craffodd ar bob modfedd o bob hollt rhwng
y prennau. Yna aeth ati yn yr un modd i archwilio'r
gwaith coed yn y paneli a orchuddiai'r muriau o
amgylch y siambr. Gorffennodd drwy gyfeirio'i gamre
at y gwely, a threuliodd sbel o amser yn syllu'n fyfyriol
arno, gan redeg ei lygaid unwaith eto i fyny ac i lawr y
mur. Yna, estynnodd am raff y gloch â'i law, a thynnu
arni â phlwc sydyn.

'Wel, ar fy enaid i, rhaff ffug yw hi!' ebychodd.

'Beth? Dydy'r gloch ddim yn canu?'

'Na, dyw hi ddim hyd yn oed wedi ei chysylltu ag
unrhyw wifren. Dyma ddiddorol iawn. Fe welwch
chi'n awr fod y rhaff wedi ei chlymu wrth fachyn
yn union uwchben y man lle mae agoriad bychan ar
gyfer yr awyrydd.'

'Wel, pa mor hurt yw hynny! Wnes i erioed sylwi
ar y peth cyn hyn.'

'Rhyfedd iawn, yn wir!' mwmialodd Holmes, gan
dynnu'r rhaff unwaith eto. 'Mae yna un neu ddwy o
nodweddion unigryw i'r ystafell hon. Er enghraifft,
pa adeiladydd sy'n ddigon gwirion i wneud sianel
awyrydd sy'n arwain i ystafell arall tra gallai ef, â'r un
faint o drafferth, fod wedi ei gysylltu â'r awyr iach y
tu allan i'r adeilad!'

'Ac mae hynny hefyd yn beth ffasiynol iawn i'w wneud ar hyn o bryd, i wyntyllu ystafelloedd ym mhlastai'r boneddigion,' cytunai'r foneddiges.

'Ac fe wnaed y gwaith hwn oddeutu'r un adeg ag y gosodwyd y rhaff ar gyfer y gloch?' awgrymodd Holmes.

'Do, fe wnaed amryw o fân newidiadau tua'r un pryd.'

'Ac fe ymddengys eu bod yn rhai tra anarferol: rhaffau clychau ffug, ac awyryddion nad ydyn nhw'n darparu awyr iach. Gyda'ch caniatâd, Miss Stoner, fe awn ni'n awr i gael golwg y tu mewn i'r ystafell sydd agosaf at ganol y tŷ.'

Er bod siambr Dr Grimesby Roylott yn fwy nag un ei lysferch, o ran dodrefn roedd yr un mor blaen. Gwely cynfas ysgafn, silff fechan yn llawn o lyfrau (y rhan fwyaf ohonynt yn rhai technegol eu cynnwys), cadair freichiau wrth erchwyn y gwely, cadair bren blaen yn erbyn y pared, bord gron, a choffor haearn mawr: dyna'r prif bethau a dynnai sylw'r llygad ar yr olwg gyntaf. Cerddodd Holmes yn araf o amgylch yr ystafell gan archwilio pob eitem â'r diddordeb mwyaf.

'Beth sydd yn hwn?' holodd, gan guro'r coffor â blaen ei fysedd.

'Papurau busnes fy llystad.'

'O! Ry'ch chi wedi gweld y tu mewn iddo, felly, do?'

'Dim ond unwaith, rai blynyddoedd yn ôl. Rydw i'n cofio'i fod yn llawn papurau.'

'Does yna'r un gath ynddo fe, er enghraifft, oes e?'

'Nac oes. Am syniad od!'

'Wel, edrychwch ar hyn!' Cododd soser fechan oedd ar ben y coffor.

'Na, dydyn ni ddim yn cadw cath. Ond… mae yna lewpart a babŵn yma.'

'A, ie, wrth gwrs! Wel, cath fawr ydy llewpart, sbo; ac eto fyddai llond soser o laeth ddim yn ddigon i dorri syched creadur felly, mi wranta. Ond mae yna un mater arall yr hoffwn ei ddatrys.' Aeth i lawr ar ei gwrcwd o flaen y gadair bren ac archwilio'r sedd yn fanwl iawn.

'Diolch i chi. Dyna'r mater yna wedi ei setlo o'r diwedd,' meddai, gan godi ar ei draed a rhoi ei chwyddwydr ym mhoced ei wasgod. 'Helô! Dyma rywbeth diddorol!'

Y gwrthrych oedd wedi tynnu ei sylw oedd tennyn ci bychan oedd yn hongian dros gornel troed y gwely. Roedd pen y tennyn, fodd bynnag, wedi ei blygu arno'i hun a'i glymu i ffurfio dolen tebyg i un lasŵ.

'Beth ydych chi'n ei feddwl o hwnna, Watson?'

'Mae'n fath digon cyffredin o chwipgord, ond wn i ddim pam mae wedi ei glymu fel'na, ychwaith.'

'Dyw'r cwlwm rhedeg yna ddim cweit mor

gyffredin â'r tennyn ei hun, ydy e? Wel wir, ar f'enaid i! On'd yw'r byd yma'n lle drygionus? A phan fydd dyn galluog yn troi ei feddwl at gyflawni troseddau, dyna'r math gwaethaf o ddrygioni ohonyn nhw i gyd. Wel, rwy'n credu fy mod i wedi gweld digon erbyn hyn, Miss Stoner; ac felly, gyda'ch caniatâd chi, fe gerddwn ni'n ein holau allan ar y lawnt.'

Ni welswn erioed wyneb fy nghyfaill mor ddifrifol, na chynifer o rychau yn ei dalcen, wrth i ni ei throi hi o leoliad yr archwiliad. Buom yn cerdded i fyny ac i lawr y lawnt sawl gwaith, heb i Miss Stoner na minnau feiddio torri ar draws ei feddyliau, nes iddo ddeffro o'i synfyfyrio.

'Mae'n hanfodol, Miss Stoner,' meddai yn y man, 'eich bod yn dilyn fy nghyngor i'r llythyren ym mhob ffordd.'

'Rydw i'n addo i chi y gwnaf i hynny.'

'Mae'r mater hwn yn rhy ddifrifol i ni betruso'r mymryn lleiaf yn ei gylch. Fe allai'ch bywyd ddibynnu'n llwyr ar eich parodrwydd i gydymffurfio â'm gofynion.'

'Mi alla i eich sicrhau fy mod yn eich dwylo chi, Mr Holmes.'

'Yn y lle cyntaf, bydd yn rhaid i mi a'm cyfaill dreulio'r noson heno yn eich ystafell chi.'

Syllodd Miss Stoner a minnau arno â'n llygaid fel lleuadau llawn.

'Bydd, bydd raid i ni. Gadewch i mi esbonio. Credaf mai'r adeilad draw'r fan acw yw tafarn y pentref?'

'Ie, dyna'r Crown.'

'Da iawn. Fe ellir gweld ffenestri eich ystafell oddi yno?'

'Yn bendant.'

'Pan ddaw eich llystad yn ei ôl o Lundain, rhaid i chi encilio i'ch ystafell ar unwaith, gan gymryd arnoch fod gennych ben tost. Yna, pan glywch chi ef yn noswylio i'w ystafell heno, bydd angen i chi agor caeadau eich ffenestr, dad-wneud yr hasb a rhoi eich lamp yno fel arwydd i ni. Wedyn, rhaid i chi fynd yn dawel iawn i'r ystafell roeddech chi'n arfer cysgu ynddi gynt, gan fynd â phopeth y byddwch chi'n debygol o fod ei angen dros nos. Rwy'n siŵr y gallech chi ymdopi yno am un noson, er gwaethaf y gwaith atgyweirio.'

'O, gallaf, yn hawdd.'

'Ynghylch y gweddill, fe fyddwch yn gadael y cyfan yn ein dwylo ni.'

'Ond beth fyddwch chi'n ei wneud?'

'Fe fyddwn ni'n treulio'r noson yn eich ystafell chi, fel y dywedais, ac yn ymchwilio i achos y sŵn yma sydd wedi bod yn tarfu arnoch ynghanol y nos.'

'Rydw i'n rhyw feddwl, Mr Holmes, eich bod eisoes wedi dod i benderfyniad ar y mater,' meddai Miss Stoner, gan roi ei llaw ar lawes fy nghydymaith.

'Efallai fy mod i.'

'Yna, da chi, er mwyn Duw,' erfyniodd, 'dwedwch wrtha i beth oedd achos marwolaeth fy chwaer annwyl.'

'Fe hoffwn i gael tystiolaeth eglurach cyn mentro gair ymhellach ar y mater.'

'Mi fedrech chi o leiaf ddweud wrtha i p'un a yw'r hyn a dybiaf yn gywir ai peidio, ac a fu hi farw o ryw fraw annisgwyl.'

'Na'n wir; dydw i ddim yn credu y galla i, ar hyn o bryd. Rwy'n tybied o bosib mai rhywbeth mwy diriaethol oedd achos ei marwolaeth. A nawr, Miss Stoner, mae'n hen bryd i ni adael; oherwydd pe byddai Dr Roylott yn dychwelyd ac yn ein gweld, byddai ein siwrnai yma yn ofer. Da boch chi, a byddwch wrol; oherwydd os dilynwch fy nghyfarwyddiadau, yna o fewn dim byddwn yn gyrru ymaith y peryglon sydd wedi bod yn eich bygwth.'

Chafodd Sherlock Holmes a minnau ddim trafferth i sicrhau ystafell wely a lolfa i ni ein hunain ar lawr uchaf y Crown; oddi yno roedd gennym olygfa arbennig o glir o lidiart rhodfa'r lôn goed, a'r adain lle roedd y teulu yn byw ym mhlasty Stoke Moran. Yn y cyfnos fe welem Dr Grimesby Roylott yn gyrru heibio, ei gorff yn enfawr ochr yn ochr â ffigur main y llanc a yrrai'r ferlen a thrap. Cafodd y llanc beth trafferth i ddad-wneud y follt ac agor y gatiau haearn

PROPERTY OF MERTHYR TYDFIL PUBLIC LIBRARIES

trwm. Yna clywsom ru cryg y meddyg a gwelsom ei gynddaredd wrth iddo godi ei ddwrn ar y llanc. Fe yrrodd y trap yn ei flaen, ac ymhen ychydig funudau wedyn gwelsom oleuni pŵl yn disgleirio'n sydyn yng nghanol y coed, wrth i lamp olew gael ei goleuo yn un o ystafelloedd byw'r plasty.

'Wyddoch chi beth, Watson,' meddai Holmes yn bwyllog, wrth inni eistedd gyda'n gilydd yn y tywyllwch oedd yn crynhoi'n araf o'n hamgylch, 'rwy'n petruso rhag mynd â chi gyda mi heno, oherwydd mae yna elfen ddigamsyniol o berygl ynghlwm â'n menter.'

'Wel, alla i fod o gymorth?'

'Gallai eich presenoldeb fod yn amhrisiadwy.'

'Does dim dwywaith amdani, felly; rydw i'n dod gyda chi.'

'Caredig iawn.'

'Ond rydych chi'n sôn am berygl. Mae'n rhaid eich bod wedi gweld mwy yn yr ystafelloedd yma na'r hyn oedd yn amlwg i mi.'

'Nac wyf, ond rwy'n tybio efallai fy mod i wedi llunio rhyw ychydig bach mwy o gasgliadau amdanynt. Rwy'n dychmygu eich bod chithau hefyd wedi gweld y cyfan a welais i.'

'Sylwais i ar ddim byd nodedig, ar wahân i raff y gloch; rhaid cyfaddef na allaf ddychmygu i ba ddiben y cafodd honno ei hongian.'

'Fe welsoch chi'r awyrydd hefyd?'

'Do, ond alla i ddim credu bod hynny'n beth mor anarferol â hynny – agor twll bychan rhwng y naill ystafell a'r llall, a hwnnw mor fychan fel mai prin y gallai llygoden Ffrengig wthio drwyddo.'

'Roeddwn i wedi rhagdybio y byddem ni'n dod o hyd i dwll awyru o ryw fath, cyn i ni gyrraedd Stoke Moran.'

'Wel, myn cebyst i, Holmes!'

'O, oeddwn. Fe gofiwch i Miss Stoner yn ei datganiad grybwyll y gallai ei chwaer arogleuo sigârs Dr Roylott. Nawr mae hynny, wrth gwrs, yn awgrymu'n syth fod rhyw fath o gyswllt rhwng y ddwy ystafell. Mae'n rhaid nad oedd yn ddim ond agoriad bychan iawn, neu fe fyddai cyfeiriad ato yn adroddiad ymchwiliad y crwner. Fe ddeuthum i'r casgliad fod yn rhaid bod yno awyrydd o ryw fath neu'i gilydd.'

'Ond pa niwed yn y byd allai fod yn hynny?'

'Wel, o leiaf, mae yna gyd-ddigwyddiad rhyfedd o ran y dyddiadau. Fe osodir awyrydd, fe grogir rhaff wrth fachyn uwch ei ben, ac y mae boneddiges sydd ynghwsg yn ei gwely yn marw'n ddisymwth. Ydy hynny ddim yn eich taro chi fel cyfres o gyd-ddigwyddiadau eithriadol o amheus, a dweud y lleiaf?'

'Ond alla i yn fy myw weld unrhyw gyswllt rhwng yr holl bethau hynny, hyd yma.'

'Sylwoch chi ddim ar unrhyw beth rhyfedd iawn ynglŷn â'r gwely?'

'Naddo'n wir.'

'Roedd y coesau wedi eu clampio'n dynn i'r llawr. Welsoch chi erioed wely yn sownd felly i'r llawr?'

'Naddo, erioed.'

'Byddai wedi bod yn amhosib i'r foneddiges symud ei gwely. Roedd yn rhaid iddo fod yn yr un lleoliad, o fewn cyrraedd yr awyrydd a'r rhaff yna: dyna beth wnawn ei galw nawr, gan ei bod hi'n amlwg na fwriadwyd iddi ganu'r un gloch.'

'Holmes,' llefais, 'mae gen i ryw fras syniad o'r hyn rydych chi'n ei awgrymu. Ac os felly, cael a chael fydd hi arnom i rwystro trosedd gyfrwys ac ofnadwy.'

'Cyfrwys ddigon, a digon ofnadwy hefyd. Pan fydd meddyg yn mynd ar gyfeiliorn, ef yw'r gwaethaf o blith troseddwyr. Mae ganddo'r hyder a'r wybodaeth. Roedd Palmer a Pritchard ymhlith goreuon eu galwedigaeth, ond mae'r dyn hwn hyd yn oed yn fwy treiddgar na hwy. Fodd bynnag, yn fy marn i, Watson, mi fyddwn ni'n medru mynd yn ddyfnach fyth. Ond mi fydd yna ddigon o arswyd o'n blaenau ni cyn y bydd y noson hon wedi dod i'w therfyn. Felly, er mwyn popeth, gadewch i ni fwynhau cetyn bach tawel, a throi ein meddyliau am awr neu ddwy tuag at bethau siriolach.'

Tua naw o'r gloch diffoddwyd y golau oedd i'w weld drwy ganghennau'r coed, ac fe ddiflannodd y plasty i ddüwch yr hwyrnos. Aeth dwy awr heibio'n araf, ond yna'n sydyn, wrth i'r cloc daro un ar ddeg, saethodd golau disglair yn union o'n blaenau yn y pellter.

'Dyna'r arwydd i ni,' meddai Holmes, gan lamu ar ei draed. 'Mae'r golau'n dod o'r ffenestr ganol.'

Wrth inni ymadael â'n llety, esboniodd Holmes, mewn sgwrs fer â'r landlord, ein bod yn mynd i ymweld â hen gydnabod, a'i bod yn bosib y byddem yn treulio'r noson yno. Eiliad yn ddiweddarach roeddem allan ar y ffordd dywyll, a gwynt oerllyd yn chwythu yn ein hwynebau, ac un golau melynwyn yn pefrio draw o'n blaenau drwy'r gwyll, i'n tywys ar ein neges brudd.

Chawsom ni fawr o drafferth i gael mynediad i dir y plasty gan fod amryw o fylchau mawr agored, heb eu trwsio, yn yr hen wal a amgylchynai'r parc. Wedi ymlwybro drwy'r coed fe gyrhaeddom ymyl y lawnt, ei chroesi, ac roeddem ar fin dringo drwy'r ffenestr pan saethodd rhywbeth allan o glwstwr o lwyni llawryf – rhywbeth tebyg i blentyn ysgeler a chanddo gorff di-siâp. Taflodd ei hun ar y glaswellt, ei goesau a'i freichiau'n chwifio yn yr awyr gan gordeddu drwy ei gilydd; yna, rhedodd ar hyd y lawnt i berfedd y tywyllwch.

'Brensiach y brain!' sibrydais. 'Welsoch chi hwnna?'

Safai Holmes am ennyd mewn cymaint o ddychryn â minnau. Yn ei gynnwrf gwasgodd ei law fel feis am fy arddwrn. Ond ymhen dim dechreuodd chwerthin yn dawel a rhoddodd ei wefusau mor agos ag y gallai at fy nghlust.

'Dyma gartref teulu bonheddig,' sibrydodd yn gellweirus, cyn ychwanegu, 'a dyna'r babŵn.'

Roeddwn wedi anghofio am yr anifeiliaid anwes rhyfedd yr ymddiddorai'r meddyg ynddyn nhw. Onid oedd ganddo lewpart hefyd? Unrhyw eiliad nawr, mae'n bosib y byddem yn teimlo'i bawennau yntau ar ein hysgwyddau. Cyffesaf i mi deimlo'n esmwythach fy meddwl pan gefais fy hun y tu mewn i'r ystafell wely, ar ôl dilyn esiampl Holmes a thynnu fy esgidiau oddi ar fy nhraed. Yn ofalus, dawel, caeodd fy nghydymaith gaeadau'r ffenestri, symudodd y lamp a'i rhoi ar y bwrdd, ac edrych o gwmpas yr ystafell. Roedd popeth yn union fel yr oedd yn gynharach yn y dydd. Yna, gan ddod ataf ar flaenau ei draed a gwneud siâp utgorn â'i law, sibrydodd yn fy nghlust unwaith eto, a'i lais mor ysgafn mai prin y gallwn deall ei union eiriau:

'Gallai'r sibrydiad lleiaf brofi'n ergyd farwol i'n cynlluniau.'

Nodiais fy mhen i ddangos fy mod wedi ei glywed.

'Rhaid i ni eistedd yma heb olau. Fe fyddai e'n ei weld drwy'r awyrydd.'

Amneidiais unwaith eto.

'Peidiwch â mynd i gysgu; mae'n bosib y bydd eich bywyd yn dibynnu ar hynny. Byddwch yn barod â'ch pistol, rhag ofn y byddwn ni ei angen. Fe eistedda i ar erchwyn y gwely hwn, ac eisteddwch chithau yn y gadair acw.'

Estynnais fy llawddryll a'i osod ar ymyl y bwrdd.

Roedd Holmes wedi dod â chansen hirfain gydag ef, a gosododd hi ar y bwrdd oedd nesaf ato. Wrth ei hochr gosododd y blwch o fatsys a darn o gannwyll. Yna trodd fflam y lamp i lawr a'i diffodd, gan ein gadael yn nhywyllwch llwyr y fagddu.

Anghofiaf i byth y wyliadwriaeth arswydus honno. Fedrwn i ddim clywed smic, dim hyd yn oed sŵn anadlu; ac eto gwyddwn fod fy nghydymaith yn eistedd yn llygadrwth, droedfeddi'n unig oddi wrthyf, yn yr un stad o dyndra nerfus ag yr oeddwn i fy hun ynddo. Roedd caeadau'r ffenestri'n sicrhau na threiddiai'r un pelydryn o oleuni drwyddynt, ac arhosem felly mewn tywyllwch dudew.

O'r tu allan, o bryd i'w gilydd, fe dreiddiai cri ddolefus un o adar cyffredin y nos; ac unwaith o leiaf fe glywsom nadu hir fel pe bai o enau cath, a oedd yn arwydd diamau i ni fod y llewpart yn rhydd. Ymhell i ffwrdd fe glywem seiniau trwm clychau cloc y plwyf, a atseiniai ei neges amserol bob chwarter awr. Mor hir yr ymddangosai'r cyfnodau gwag hynny, rhwng pob chwarter awr! Trawyd deuddeg o'r gloch… ac un… a dau… a thri… a pharhau i eistedd yn y distawrwydd llethol a wnaem, yn disgwyl am beth bynnag a allai ddigwydd… pwy a wyddai?

Yn sydyn, ymddangosodd fflach o oleuni am amrantiad fry yng nghyfeiriad yr awyrydd, ac yna diflannu'n syth bìn, ond fe'i dilynwyd yn ddiymdroi gan arogl cryf fel pe bai olew yn cael ei losgi a metel yn cael ei boethi. Roedd rhywun yn yr ystafell y drws nesaf wedi goleuo lantern. Clywais sŵn symudiadau tawel, ac yna aeth popeth yn dawel drachefn, ond roedd yr arogl yn cryfhau yn raddol. Am hanner awr eisteddais a'm clustiau wedi eu moeli. Yna'n ddirybudd, clywyd sŵn isel arall oedd prin yn glywadwy; sŵn lleddf, lliniarus, megis sŵn ffrwd fechan o ager yn chwistrellu'n ddi-baid o big tegell. Yr eiliad y clywsom y sŵn, neidiodd Holmes oddi ar y gwely, tanio matsien, a dechrau fflangellu'r rhaff uwchben y gwely yn gynddeiriog â'i gansen fain.

'Welwch chi hi, Watson?' bloeddiodd. 'Welwch chi hi?'

Ond welwn i ddim byd. Yr eiliad y taniodd Holmes y fatsien roeddwn wedi clywed chwibaniad a oedd, er yn isel, yn glir serch hynny; ond yn y disgleirdeb annisgwyl o sydyn a befriai o'r düwch yr oedd fy llygaid blinedig bellach wedi ymgynefino ag ef, fedrwn i ddim dirnad yn union beth oedd fy nghyfaill yn ei fflangellu mor ffyrnig. Fodd bynnag, fe allwn i weld bod ei wyneb yn farwol o welw ac yn llawn arswyd ac atgasedd anghyffredin.

Erbyn hyn roedd Holmes wedi rhoi'r gorau i'r fflangellu, ac yn rhythu ar agoriad yr awyrydd, ond yn sydyn rhwygwyd y tawelwch gefn trymedd nos gan yr ochenaid fwyaf erchyll y bu i mi erioed ei chlywed. Chwyddai'r waedd yn uwch ac uwch, yn gri gryglyd o boen ac ofn a dicter oll yn un sgrech ddychrynllyd. Maen nhw'n dweud bod y waedd honno wedi codi pobl o'u gwelyau i lawr yn y pentref, a hyd yn oed draw cyn belled â'r ficerdy. Yn wir, fe drywanodd ein calonnau fel saeth oerllyd, a sefais yn stond gan lygadrythu ar Holmes, ac yntau arnaf finnau, hyd nes i'w hadleisiau olaf gilio i'r tawelwch llonydd.

'Beth ar y ddaear oedd ystyr hynna?' ebychais.

'Dyna ddiwedd ar ein pryderon,' atebodd Holmes. 'Ac efallai, wedi'r cyfan, mai dyna oedd y gorau i bawb. Estynnwch eich pistol, Watson, ac fe awn ni'n dau i mewn i ystafell Dr Roylott.'

Ag wyneb difrifddwys, goleuodd Holmes y lamp olew ac arwain y ffordd ar hyd y coridor. Curodd ar ddrws y siambr ddwywaith heb ennyn unrhyw ymateb oddi mewn. Yna trodd handlen y drws a cherdded i mewn, a minnau wrth ei sodlau, fy mhistol yn fy llaw yn barod i'w danio.

O'n blaenau gwelsom olygfa gwbl anhygoel. Ar

y bwrdd roedd lantern olew a'i chaead yn hanner agored fel ei bod hi'n taflu goleuni'n uniongyrchol ar y coffor haearn, oedd hefyd â'i ddrws ar agor. Wrth ochr y bwrdd, ar gadair bren, eisteddai Dr Grimesby Roylott, mewn gŵn wisgo laes, lwyd; ei figyrnau noeth yn y golwg dan ei godre, a'i draed wedi eu gwthio i sliperi Twrcaidd coch, di-sawdl. Ar draws ei arffed gorffwysai'r tennyn byr hwnnw a welsom yn gynharach yn y dydd. Roedd ei ên yn pwyntio tuag i fyny, a'i lygaid agored yn rhythu'n ddychrynllyd, ddiysgog ar gongl y nenfwd. O amgylch ei dalcen roedd rhywbeth tebyg i gylch o gadach melyn ac arno smotiau brown, a hwnnw fel petai wedi ei glymu'n dynn am ei ben. Wrth i ni fynd i mewn i'r ystafell chlywyd dim siw na miw ganddo, ac ni symudodd yr un cyhyryn o'i gorff y mymryn lleiaf.

'Y cylch! Y cylch brith!' sibrydodd Holmes.

Camais ymlaen yn bwyllog. Yn sydyn, dechreuodd y penwisg rhyfedd symud yn llithrig, ac yn raddol o ganol gwallt y meddyg ymgododd pen byrdew siâp diemwnt a gwddf chwyddedig sarff atgas ei golwg.

'Gwiber y gors!' bloeddiodd Holmes. 'Y neidr fwyaf marwol yn India gyfan. Bu'r meddyg farw o fewn deng eiliad i frathiad ei dannedd miniog.'

'Gwir yw'r gair: daw trais i lamu'n ôl yn erbyn y treisgar, ac mae'r cynllwyniwr yn disgyn i'r twll y bu ef ei hun yn ei gloddio ar gyfer un arall. Gadewch i ni daflu'r creadur hwn yn ôl i'w wâl, ac yna fe allwn symud Miss Stoner i fan diogel, a rhoi gwybod i heddlu'r sir beth sydd wedi digwydd yma.'

Wrth iddo siarad, gafaelodd yn sydyn yn y tennyn oddi ar arffed y gŵr marw, a chan daflu'r ddolen o amgylch ei wddf, tynnodd y creadur oddi ar ei glwyd erchyll; yna, wedi sicrhau bod ei ddannedd angheuol hyd braich oddi wrtho, fe'i taflodd i mewn i'r coffor haearn, a chau'r drws yn glep arno.

Dyna'r ffeithiau moel a chywir yng nghyswllt marwolaeth Dr Grimesby Roylott, o Stoke Moran. Fydd dim angen i mi ymhelaethu ar yr adroddiad hwn, sydd eisoes yn hwy na'r hyn a fwriadwyd, drwy fanylu sut yr aethom ati wedi hynny i hysbysu'r foneddiges oedd wedi cael cymaint o fraw am y newyddion trist; fel y bu i ni ei hebrwng hi ar y trên yn y bore i ofal ei modryb hynaws yn Harrow, ac i broses araf yr ymchwiliad swyddogol gasglu bod y meddyg wedi marw'n gynamserol tra oedd e'n chwarae'n annoeth ag anifail 'anwes' peryglus. Drannoeth, rhannodd Holmes weddill manylion yr achos â mi wrth i ni deithio'n ôl gyda'n gilydd.

'Yn gynharach,' meddai Holmes, 'roeddwn i wedi dod i gasgliad anghywir – sy'n dangos, f'annwyl Watson, pa mor beryglus bob amser yw ceisio rhesymu heb ddigon o fanylion. Fe fu presenoldeb y sipsiwn, a'r gair 'cylch', y dewisodd y ferch druan ei ddefnyddio i esbonio'r ddrychiolaeth y cawsai gip arni yng ngolau'r fatsien, yn ddigon i'm harwain ar drywydd cwbl anghywir. Yr unig beth y galla i gymryd clod amdano, efallai, yw i mi ailystyried fy marn ar f'union, yr eiliad y daeth hi'n eglur i mi na allai'r perygl oedd yn fygythiad i bwy bynnag oedd yn yr ystafell wely honno ddod i mewn i'r ystafell naill ai drwy'r ffenestr na thrwy'r drws. Fe dynnwyd fy sylw'n syth bìn, fel y crybwyllais wrthych eisoes, at yr awyrydd hwn, ac at y rhaff oedd yn hongian uwchben y gwely. Ond sylweddoli mai dyfais ffug oedd honno a bod y gwely wedi ei glampio i'r llawr wnaeth i mi ddechrau amau bod y rhaff yno er mwyn bod yn bont ar gyfer rhywbeth neu'i gilydd a allai sleifio drwy dwll yr awyrydd ac i lawr y rhaff at y gwely.

'Fel ergyd o ddryll, Watson, daeth y syniad i 'mhen y gallai'r peth hwnnw fod yn neidr; ac o gysylltu hynny wedyn â'r wybodaeth fod gan y meddyg yn ei feddiant amryw o greaduriaid ecsotig o India, fe deimlwn wrth reddf fy mod i ar y trywydd cywir. Yna, oni fyddai'r syniad o ddefnyddio ffurf ar wenwyn na ellid ei ganfod drwy gyfrwng unrhyw brawf cemegol yr union fath o gynllwyn a fyddai'n apelio at ddyn galluog a didostur, a hwnnw wedi derbyn hyfforddiant meddygol ym mharthau dwyreiniol y byd? At hynny, fe fyddai'r ffaith fod y gwenwyn hwnnw'n gweithio'n gyflym, o'i safbwynt ef, hefyd o fantais ychwanegol. Fe fyddai angen crwner eithriadol o lygatgraff i sylwi ar y ddau smotyn tywyll a fyddai'n dangos lle y bu i'r ddau ddant gwenwynig chwistrellu angau. Yna fe gofiais am y chwiban.

'Wrth gwrs, Watson, rhaid fyddai i'r llofrudd alw'r sarff yn ei hôl cyn y byddai goleuni'r bore yn ei datguddio. Roedd y meddyg wedi hyfforddi'r sarff, drwy ei denu â'r llaeth a welsom ni, mwy na thebyg, i ddychwelyd ato pan fyddai'n galw arni. Byddai'n ei chymell drwy dwll yr awyrydd yr union adeg fyddai orau, yn ei dyb ef; gan wybod i sicrwydd y byddai'r creadur yn ymlusgo i lawr y rhaff hyd nes y byddai'n cyrraedd y gwely. Efallai y byddai hi'n brathu'r gysgadwraig, efallai na fyddai; o bosib y byddai'n dianc o'i thranc bob nos am wythnos, ond yn hwyr neu'n hwyrach fe fyddai'n ysglyfaeth i frathiad marwol y sarff.

'Roeddwn i wedi dod i'r casgliadau hyn cyn i mi erioed roi troed yn ystafell y meddyg. Wedi i mi gael y cyfle i fwrw golwg dros y lle, a sylwi'n fanwl ar ei gadair, gwelwn ei bod hi'n arferiad ganddo sefyll arni; byddai'n rhaid iddo wneud hyn, wrth gwrs, er mwyn cyrraedd twll yr awyrydd. Yna roedd canfod y coffor, y soser a'r llaeth, a'r tennyn â'i ddolen, yn ddigon i chwalu unrhyw amheuon oedd gen i cyn hynny. Mae'n amlwg i'r clindarddach metelaidd a glywodd Miss Stoner gael ei greu wrth i'r llystad gau drws ei goffor yn frysiog ar ei breswylydd arswydus. Unwaith roeddwn yn glir fy meddwl, Watson, fe wyddoch pa gamre a gymerais er mwyn profi fy namcaniaeth. A phan glywais hisian y creadur mileinig 'na, fel rwy'n sicr y gwnaethoch chithau hefyd, fe daniais y fatsien ar f'union ac ymosod ar y sarff.'

'Ac o ganlyniad, gyrrwyd yr ysglyfaeth yn ei hôl drwy'r awyrydd.'

'A chanlyniad hynny wedyn fu i'r sarff droi ar ei meistr yr ochr arall i'r mur. Fe lwyddais innau i'w tharo â'm gwialen sawl gwaith a'i chynddeiriogi, gan achosi iddi fwrw ei thymer wallgof a saethu ei safnau dieflig i gyfeiriad y person cyntaf o fewn cyrraedd ei llygaid ffyrnig. Yn hynny o beth, does gen i ddim amheuaeth nad oeddwn yn anuniongyrchol gyfrifol am farwolaeth Dr Grimesby Roylott, ac alla i ddim dweud y bydd hynny'n debygol o bwyso'n drwm iawn ar fy nghydwybod.'

'Dyma wrth-arwr fydd yn gwneud i chi 'wherthin yn braf.' JON GOWER

LENITIWDOR
EURON GRIFFITH

yl Lolfa

£8.95